Un palo hasta que...

A Stick Until...

Constance Anderson

STAR BRIGHT BOOKS
CAMBRIDGE MASSACHUSETTS

Published in the US by Star Bright Books, Inc.
The name Star Bright Books and the Star Bright Books logo
are registered trademarks of Star Bright Books, Inc.

Please visit www.starbrightbooks.com. For orders,
email: orders@starbrightbooks.com, or call: (617) 354-1300

Translated by María A. Cabrera Arús.

Spanish/English Paperback ISBN: 978-1-59572-877-7
Star Bright Books / MA / 00210210
Printed in China / WKT / 9 8 7 6 5 4 3 2

Printed on paper from sustainable forests.

Library of Congress Control Number: 2019946741

Para Tristan y Travis, maestros de la inventiva infantil, que me inspiran a inventar nuevas maneras de utilizar los palos. Y para Alan, por llevarlas a la práctica.

To Tristan and Travis, childhood masters of inventive, inspiring stick use. And to Alan for making it so.

Un palo

A stick

es la rama de un árbol hasta que...

is a branch of a tree until . . .

es un matamoscas. Es un matamoscas hasta que...

El elefante asiático rompe la rama de un árbol para espantar las fastidiosas moscas que le pican la gruesa piel.

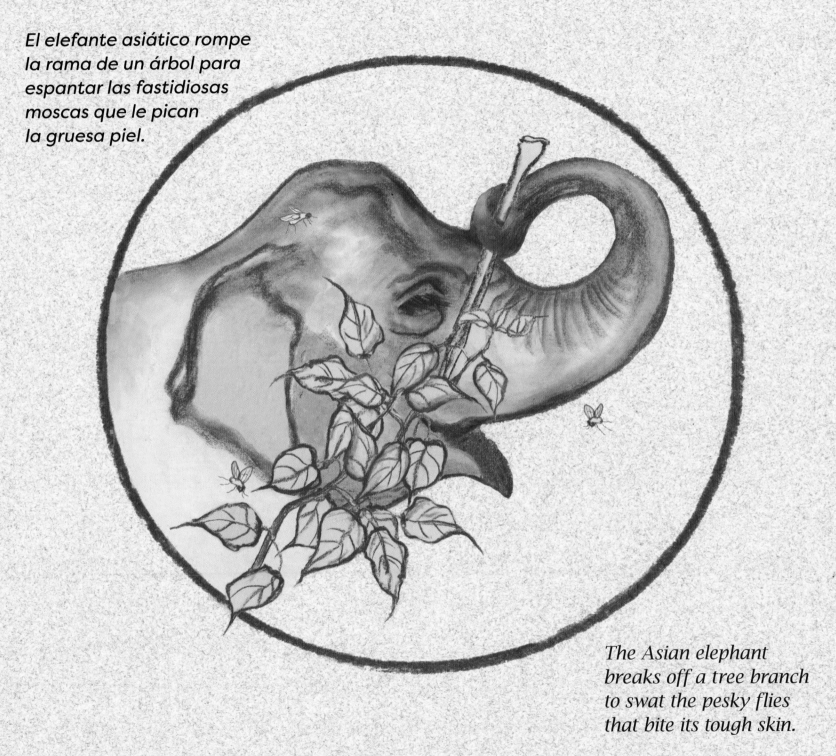

The Asian elephant breaks off a tree branch to swat the pesky flies that bite its tough skin.

it is a flyswatter. It is a flyswatter until . . .

es un bastón.

En la selva congolesa, un gorila usa una rama para averiguar la profundidad de las aguas cenagosas. Luego usa el palo como bastón para cruzar el pantano.

it is a walking cane.

Es un bastón hasta que...

A gorilla in a Congolese forest tests the depth of muddy water with a stick. Then it uses the stick as a walking cane to cross the marsh.

It is a walking cane until . . .

es una cuchara.

Los chimpancés usan palos como cuchara para llevarse termitas a la boca. Las termitas son insectos, y son una de las meriendas preferidas de los chimpancés.

Chimpanzees spoon termites into their mouths with a stick. Termites are insects and one of chimpanzees' favorite snacks.

it is a spoon.

Un palo es una cuchara hasta que...

Para excavar la tierra de los montículos que hacen las termitas, los chimpancés utilizan diferentes palos. Primero perforan el montículo con un palo grueso, y después utilizan un palo largo y delgado para pescar las termitas en el interior.

To dig into a termite mound, chimpanzees use different sticks. They pierce the mound with a stout stick, then use a long, slender stick to fish inside for termites.

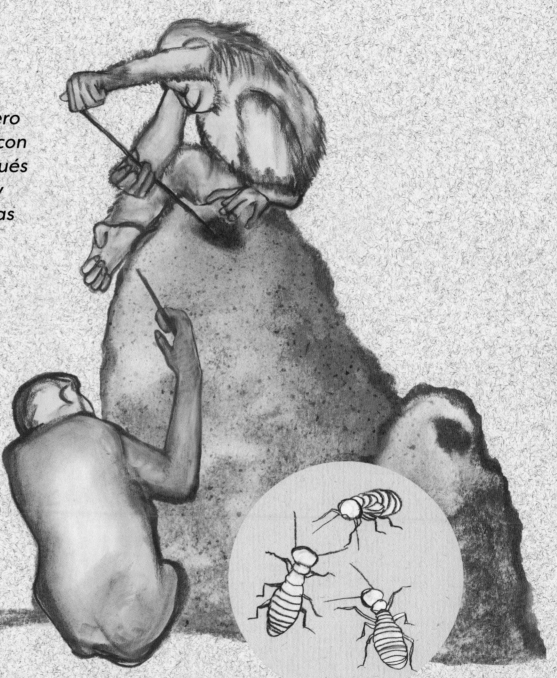

A stick is a spoon until . . .

es una carnada.

Durante la época de apareamiento de las garzas y garcetas, los cocodrilos se sumergen parcialmente y balancean un palo sobre sus largos hocicos. Logran dar la impresión de que los palos flotan sobre el agua.

it is bait.

Partially submerged alligators balance sticks on top of their long snouts during the bird breeding season of herons and egrets. The sticks look like they are floating in the water.

Es una carnada hasta que...

It is bait until . . .

Un ave que esté buscando ramas para construir un nido podrá ser atrapada por un cocodrilo si cae en la trampa.

A bird searching for sticks to build a nest might be caught by an alligator if it takes the bait.

es un regalo,

El macho de la garza blanca le da una rama a la hembra de regalo y, si ella acepta, hacen un nido juntos.

it is a gift,

The male great egret presents a stick to the female as a gift, and if she accepts it, they make a nest together.

y es un regalo
hasta que...

Durante la época de apareamiento, las garzas blancas se acercan unas a otras extendiendo y mostrando su elegante plumaje nupcial.

Great egrets get to know each other during mating season by stretching and displaying their graceful breeding plumage.

a gift until . . .

es parte de un nido.

La garza blanca hembra pone de 3 a 5 huevos de color azul, y ambos padres se turnan para alimentar a la cría.

it is part of a nest.

The female great egret lays 3-5 blue eggs and both parents take turns feeding their young.

Un palo es parte de un nido hasta que...

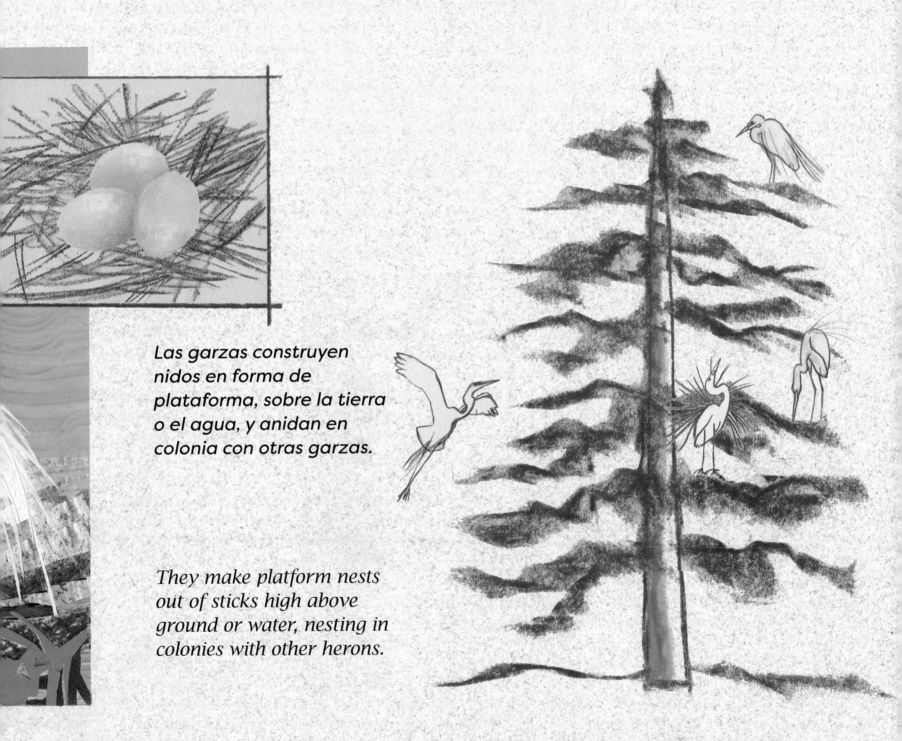

Las garzas construyen nidos en forma de plataforma, sobre la tierra o el agua, y anidan en colonia con otras garzas.

They make platform nests out of sticks high above ground or water, nesting in colonies with other herons.

A stick is part of a nest until . . .

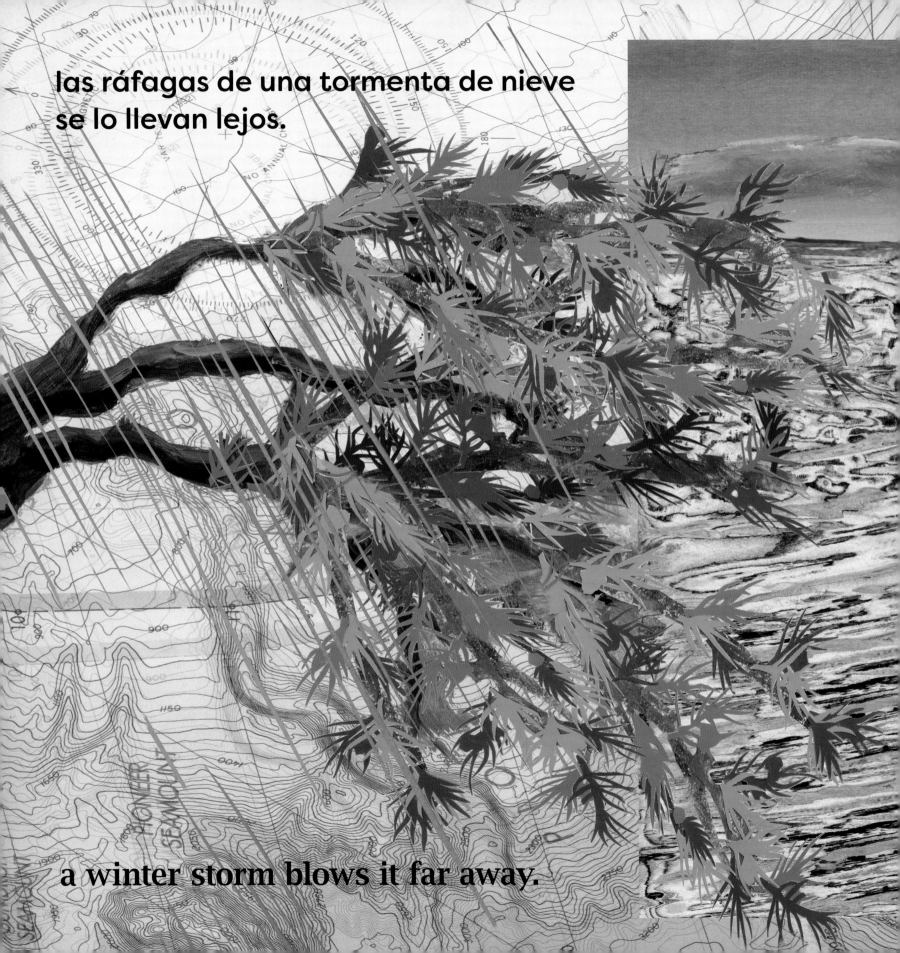

las ráfagas de una tormenta de nieve
se lo llevan lejos.

a winter storm blows it far away.

Se pierde hasta que...

It is lost until . . .

lo encuentran.

it is found.

Un palo se usa para jugar,

Tírale un palo a un perro y verás cómo comienza el juego. La búsqueda de la presa es un instinto que lleva a los perros a rastrear, buscar y traer cosas de vuelta.

A stick is used to play a game,

Throw a stick to a dog and the game begins. Prey drive is the instinct that makes dogs want to track, find, and fetch.

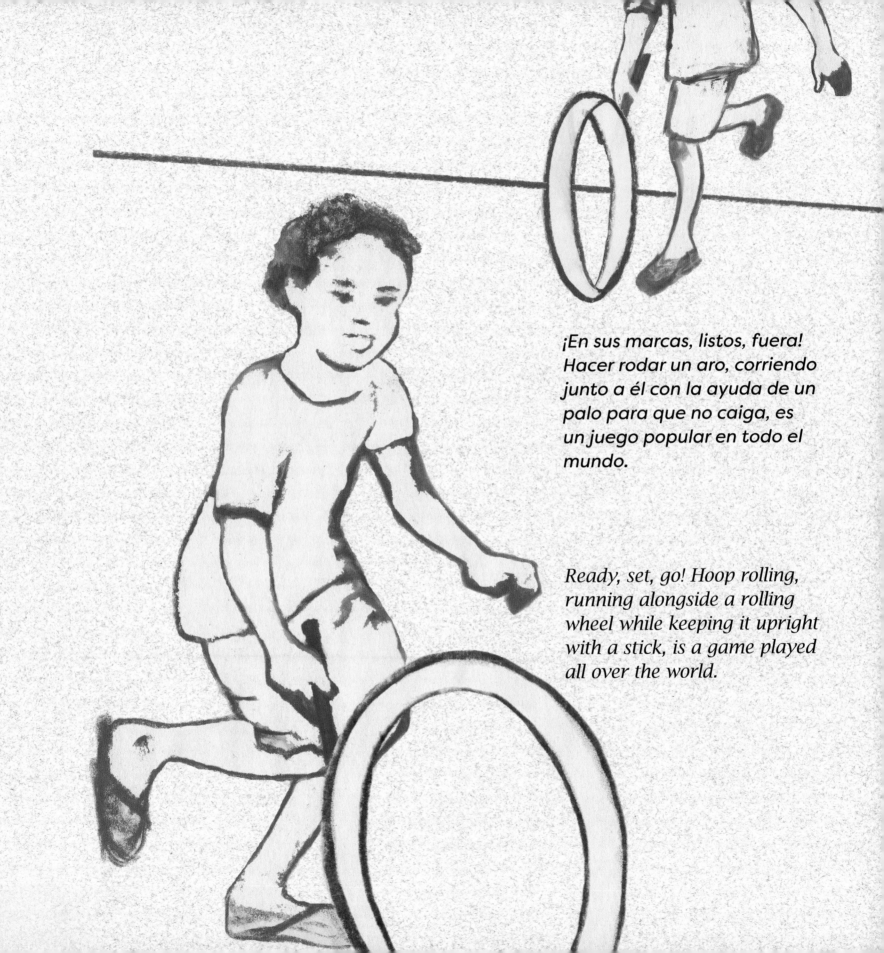

¡En sus marcas, listos, fuera! Hacer rodar un aro, corriendo junto a él con la ayuda de un palo para que no caiga, es un juego popular en todo el mundo.

Ready, set, go! Hoop rolling, running alongside a rolling wheel while keeping it upright with a stick, is a game played all over the world.

para estimular la imaginación,

it inspires make believe,

para hacer un dibujo.

and helps draw a picture.

Ayuda a excavar un hueco

It helps dig a hole

y a sostener un retoño que crece

and supports a
sapling that grows

y se convierte
en un hogar.

to be a home.

Notas
Notes

ELEFANTES Y MATAMOSCAS
La picada de las moscas causa dolor y pérdida de sangre, y a menudo transmite enfermedades. Cuando los elefantes encuentran una rama, la preparan quitándole los gajos innecesarios hasta que queda lista para espantar moscas. Los elefantes también usan la punta de la cola para espantar las moscas.

ELEPHANTS AND FLYSWATTERS
The biting flies cause pain and blood loss, and often pass on disease. After an elephant finds a branch, it tears off unnecessary limbs, making it just right for swatting. Elephants also use their tails to swat flies.

CHIMPANCÉS Y CUCHARAS
La antropóloga, Dra. Jane Goodall fue la primera persona en darse cuenta de que los chimpancés africanos utilizaban un palo para pescar y comer termitas. Antes de esta observación, realizada en 1960, se creía que los animales no eran capaces de utilizar herramientas.

CHIMPANZEES AND SPOONS
Anthropologist Dr. Jane Goodall was the first person to notice the use of a stick by an African chimpanzee to fish for and eat termites. Before her observation in 1960 it was thought that animals did not use tools.

GORILAS, BASTONES Y PUENTES
Además de utilizar palos como bastones, los gorilas recogen ramas de árboles y arbustos, las apilan y las usan como puentes para caminar sobre pantanos y estanques.

GORILLAS, WALKING CANES, AND BRIDGES
In addition to using sticks as walking canes, gorillas pile up tree and shrub branches to make a bridge, and walk over the bridge that spans a marsh or pond.

NIDOS DE COCODRILOS
Los cocodrilos construyen sus nidos cerca de la costa, con ramas y vegetación de ciénaga. Los nidos pueden llegar a medir hasta seis pies de ancho y tres pies de altura. Una mamá cocodrilo pone entre 20 y 50 huevos. Al cabo de 65 días, los recién nacidos rompen el cascarón y se dirigen al agua. Una línea amarilla camufla sus cuerpos, que miden de 6 a 9 pulgadas.

ALLIGATORS' NESTS
Alligators' onshore nests are made of muddy vegetation and branches. Nests often measure up to 6 feet wide and 3 feet high. A mother alligator lays 20-50 eggs. After 65 days, the hatchlings break out of their shells and head for water, their 6-9 inch bodies camouflaged by a yellow stripe.